WALMIR
AYALA

Bem-Te-Vi

WALMIR
AYALA

A VIAGEM

coleção canto do bem-te-vi

em memória de
Gustavo Adolfo Cox (1970-1989)

Dedico este livro a todos os que perderam
seus filhos, na vida ou na morte. A todos os que
tocaram o cristal do amor e ficaram imantados.
Aos que choraram verdadeiramente.
Aos que sofreram tanto que nem puderam chorar.
WA

Só o que morreu é nosso, só é
nosso o que perdemos.
JORGE LUIS BORGES

Por isso eu canto a morte além da vida,
como quem nasce ao som da despedida.
E faço deste adeus a minha festa,
e faço desta festa a minha vida,
vivendo o que foi meu e o que me resta.
WA

Contemplarei por ti as coisas deste mundo,
respirarei por ti a essência deste dia,
por ti removerei uma pedra imprevista,
por ti mergulharei meus pés no mar profundo,
por ti farei da dor uma tensa poesia,
por ti reviverei uma paisagem vista,
por ti repensarei o eterno num segundo,
porque és distância entre o que imerge e o que conquista.

Na morte imerso és isto, a vontade concreta
de escolher direção contra o amor que insistia
em guiar teu desejo, em definir teu alvo.
E eu que sobrevivi siderado de setas
te absorvo na intenção de consentir meu dia
recuperado em ti, e ao te perder me salvo.

Para escalar-te, meu Deus, que degraus de amargura,
que mar de sal, que lâmina, que transpirado transe!
Para escalar-te, que rocha onde rasgar meus dedos,
dilacerar as unhas, marcar de sangue o esforço,
meu Deus, para escalar-te!

Para escalar-te e dizer que levaste a primícia
do meu tortuoso amor, e te dizer que todo
este esforço de andar arrastado na sombra,
é por tocar, meu Deus, o sal do teu refúgio,
onde há de estar, meu Deus, a imagem integrada
do corpo que embalei neste vale de dor.

Para escalar-te e respirar, e repensar a vida,
eu te peço, meu Deus, a dádiva do tempo,
e respirar paixão no trânsito das horas,
onde estás consumido e consumindo, e onde
consumirei um dia um sonho terminal.

Eu te peço, meu Deus, que ao fim desta escalada
me revertas o amor que transpirei, buscando
razão no teu desígnio.
E no puro silêncio de um gesto sem princípio,
simplesmente me guardes.

Mostra-me num espelho o teu céu invisível.
Num espelho invisível mostra-me o invisível
sorriso que em teu lábio
partia-se com o vento;
e o invisível gesto do teu toque em meu rosto,
e este passo invisível com que enchias as horas de surpresa
e desterro.

Pousa na invisível pátria da tua vida
hoje eterna, o encanto sideral
da ironia visível
do teu lábio mortal.
Despenca como um anjo de asas despetaladas
nesta hora da noite em que imito com o corpo
o teu rito de morte.
Ensina-me a andar
na fímbria deste abismo.
Fecha meus olhos, se puderes,
com teu beijo invisível.

Aonde vais surfista com teu sonho de doido,
e este andar adernado de barco sem consolo?
Aonde vais com este estrepe cor de água
que te ensina a não respirar?
Que asas, que distâncias, que paraíso
em Bali te sustenta
o sonho?
E a viagem,
como te deitavas na proa enfeitiçada
ouvindo Lorelei!
Como amavas
o linho de seu cabelo, e mordias seu cílio
sem futuro.
Já não toco tua pele salgada.
Nada é mais triste do que apenas lembrar.

Eu sonharei com a morte onde estás recortado
e sem risco de dano.
Porque estar na morte é assim, atravessar-se
de amor, e se deixar
cortar e recompor na medida das lágrimas.

Eu sonharei com a morte,
e nada nos diremos
desta ausência de tempo em que deslizas, pleno
de secreto desejo.

Eu sonharei com a morte para ainda te ouvir
no cristal do silêncio,
e sem verbos crispados
ler a parte sombria do teu ser alumbrado.

Eu sonharei com a morte, para ainda te amar,
e completar o amor, e juntar os pedaços
desta humana miséria.

Vejo o mar. Em que onda
te deitas, sem precisão
de nada,
sem suporte, sem prancha
apenas alegria?

Vejo no extenso mar a plena liberdade
do teu sonho mortal.
Já não és um sinal na distância
das ondas,
és como a claridade e a prata
incrustada nas águas:
és mínimo na espuma,
és total no sem fim.

Paro por um momento,
e te respiro.

SAQUAREMA, 5/11/89

Eu te disse "não morras" e te enlaçaste à morte;
eu te disse "por mim" e me mostraste a livre
decisão de ser tudo;
eu te disse "suporta" e riste do meu zelo;
descuidei um momento e me deste a moeda
sem preço, desta ausência.

Despetalaste o amor como flor conhecida
de todas as insônias;
ao nada condenaste o teu ser cumulado
de dons e de ranhuras.
Caíste, e nenhum gesto
te alcançou. Era noite.

A grande noite incólume,
de granito
de farpas
com seu falso veludo
de útero sombrio.

Como a gosma das lesmas,
rebrilho de cristal,
luz incrustada,
ficaste em Saquarema, incompleto
                                        andarilho.
E me falam de ti por sinais renovados,
como um bom convivente
das horas desiguais.
Mais do que nunca traçam
a imagem revelada
de um negativo.
                        Tangem
o arcaico e a arqueologia
dos teus precoces anos.

Falam de ti com aflição, com alegria,
falam de ti marcando espaço
com antigas palavras.

Recupero-te assim, em cada esquina.

Há uma janela batendo
na casa desabitada.

A camisa que te deram
para partir, era minha,
preta no fundo cavado,
sobre o fundo, riscadinha.

E esta janela batendo
tem dobre de ladainha.

O pano com que vestiram
tua frigidez daninha
era como esta saudade
que o meu silêncio espezinha.

Esta camisa era minha,
como esta janela agora
batendo determinada
na minha alma
nesta casa
pelo vento transpassada.

Não há calor que te traga,
mas minha dor continua
à tua morte colada.

Não te excluo de mim
como a telha limpou o pus
da miséria de Jó.
Não apago o teu rastro,
antes conservo teu sinal
como a trilha cintilante
das lesmas no jardim.
Onde estiveste, estás
e estarás.
Não viro contra a parede teus retratos
plenos de vida e possível esperança.
Acompanho com saudade tuas várias idades
que foram para mim pura alegria.
Sequer pergunto ainda a razão
da tua escolha.
                    Foste bravo
e decidido como a verdade,
e isto não te podemos tirar.
Minha tristeza ao entardecer é uma vela inflada
onde o vento se perde
e mansamente viaja.
Espero teu sinal sabendo que és mais voo
do que âncora.

Bordo em teu peito um coração de madressilvas,
desenho em teu lábio o carmim da paixão,
para que sejas reconhecido entre os mitos
e as raízes aéreas.

A rosa que brota em tua mão era trama de espinho,
mas o perfume eu guardei em meus olhos fechados.

Assim no escuro te contemplo,
absoluto no que não te mostras.

E a memória me leva pela mão como um cego que sou
cravejado de amor.

O álbum de retratos implacável
grava a doçura dos primeiros anos.
Éramos limítrofes do mar. O vento
nos desenhava contra o céu muito limpo.
Tua boca infantil era ávida e teus dedos
tocavam meu rosto, possessivos.
Nu, partias pela areia
driblando a onda, a franja débil da espuma.

Éramos tão felizes que só viver bastava.

Tinhas de repente um sorriso malicioso
um sorriso fugidio adejando sob o meu olhar
seguro de ti.
Dizias que a água da lagoa era mansinha como o lombo
de um bicho
e espantavas cardumes de minúsculos peixes que
se estilhaçavam a teus pés.

Esta construção de coisas infinitamente pequenas
foi como o tecido da rainha Matilde, uma asa do destino.

Quando escolheste Deus eu me reduzi pela metade,
comecei a respirar pela metade,
a não entender as paredes e as portas crivadas
de tua ausência,
o silêncio da noite que parece ameaçar o som da tua voz
dizendo "Eu", e com isto dizendo tudo.

É vão procurar entender o que não pode ser entendido.
Melhor é resistir até o último momento na esperança
de que a farsa se desnude diante dos meus olhos, e apareças
gozando o meu sobressalto.

Eu sei, eu sei que haverá um momento
de trançar os dedos, de estalar um beijo e cobrar
outra vez aquele abraço de reconciliação.
Será a hora do real.

Investigo sobre a existência desta porta,
se por ela jamais voltarás a entrar
e encher de vida e sobressalto a minha vida.
Mas o jamais é tão breve em seu limite,
é cada instante um suspiro a menos,
uma porta a menos
uma onda para sempre perdida.

Como é estranha esta porta!
Seu espaço carece da tua imagem.
Na verdade é o meu olhar que insiste em não te
apagar, quando a porta é só vazio,
e o meu coração está impregnado de ti
como um charco.

Investigo sobre o existir de tudo
que antes de ti era pretexto,
contigo foi suplício,
sem ti é náusea.

Queria fechar esta porta e com ela tudo o que sou.
Porque nesta dimensão és pura ausência.

RIO, 16/01/90

Sentas comigo no bar Mundaú.
Não tocam o *reggae* jamaicano.
Não te impacientas. Apenas
te fazes sentir na força com que seguras
minhas lágrimas.
Teu sorriso está ali, invisível.
Teu olhar de longas pestanas
melancólicas.
Não fosses tu, e eu não estaria assim
varado de uma clara energia.
Falavam tanto ao redor
e eu não decifrei nenhuma palavra.
Teu silêncio era todo luz
e me inundava.

SAQUAREMA, 20/01/90

Esses que passam com suas pranchas coloridas,
o mesmo andar,
a mesma inclinação do torso
como escultura arcaica,
os cabelos queimados,
os músculos e as veias pulsantes de um sangue
incontido.
Vão ligeiros, com a nitidez
de certos pássaros pernaltas,
são meio ariscos, trocam palavras
e gestos secretos,
parecem felizes.
Esses que passam, todos, me refletem
alguma coisa
que estava em ti.
Diferentes e iguais como frutas de um mesmo cesto.

Bebo resquícios desta luz passageira.

RIO, 21/01/90

Como era modesta tua última cama!
Como era triste a alameda daquele cemitério!
Estavas coberto de margaridas meio murchas
e eu mal me lembro de como, onde, com quem estávamos.
Eu só sei que te olhava com doçura e raiva,
e tinhas um sorriso irônico nos lábios.
Entre os cílios negros e longos eu vi
ainda uma luz nas pupilas recém-esvaziadas.

Por mais que eu saiba de tudo,
não posso acreditar.
Era tudo uma folha macabra num livro enlameado.
Era um punhado de cinzas num deserto.

RIO, 21/01/90

Eu queria beber
até poder falar de ti com os mendigos, os bandidos
e os outros bêbados.
Eles não pediriam nenhuma lógica,
nem estranhariam os loucos rumos da minha dor.
Aos poucos chego a sondar este estado de graça,
mas emudeço.
Emudeço como se fosses entre meus dedos um
diamante bruto,
como se estivesses como uma pedra encerrada na
ostra barroca,
como se fosses na gaiola um pássaro mudo e repressor.

Eu emudeço, e os outros bêbados,
mais inocentes do que eu,
me olham e se afastam intocados.

RIO, 21/01/90

Agora mais do que nunca me despeço das coisas.
Passo em silêncio o olhar pelos caminhos,
pelos verdes múltiplos, as águas podres,
as cruzes que marcam na estrada alguma morte anônima,
pelos bois acompanhados cada um de uma garça,
como sentinela,
pela vista do Morro da Cruz,
principalmente à hora cinco da tarde
translúcida.

Olho a máscara japonesa, a cara quase apagada
de Teresa de Calcutá
num velho jornal.
Olho a noite que me abraça e nem precisa de imagem
para ser sentida.
Olho sem ver os que dormem nos quartos fechados.
Paro e escuto o silêncio,
forma última de olhar alguma coisa realmente
parecida com a morte.

RIO, 21/01/90

Os figos estavam gelados
e eu perguntei quando voltavas.
A tarde era banal, uma clepsidra
roçava levemente a cauda no meu lábio.
Eu era só silêncio, o medo
de mover a grande onda
do poente, e te espantar.
Porque espero sempre um sinal
de tua ronda.
                    Definição
de um tempo que não se completa
no prazer, muito menos na esperança,
porque está tudo decidido.

Mordi a polpa gelada dos figos.
Vi o deserto.

RIO, 23/01/90

A hora mais difícil é quando tudo dorme.
Tudo e todos. Tudo parece imutável.
Os livros, os discos, os pequenos objetos úteis.
Sobretudo as inutilidades. Tudo mergulhado
num tranqüilo torpor.

Então a vigilância se apodera de mim,
porque eu espero que te movas na sombra
e me digas que a morte é uma insônia infinita.

Suporto o quanto posso com os olhos abertos
varando a escuridão.
Depois caio também neste despenhadeiro,
devagar, pétala por pétala, até perder
o mapa do labirinto.
Parece que não sou, nem sofro, no hiato
entre o sono e o sonho.

É aí que eu poderia te seguir.

RIO, 24/01/90

Não eras anjo, eras teia.
Não eras mel, mas agreste
(mel agreste) eras o sangue
pulsando na minha veia,
eras a dor, a vigília
do meu exílio terrestre.

Querias ouvir na concha
uma mensagem celeste,
foste direto ao celeiro
levando um mapa rupestre.

Não disseste por que ias,
nenhuma pista me deste,
nem mesmo o questionamento
do teu direito inconteste.

Tomaste a vida nas mãos
misturaste a mel silvestre,
fizeste disso uma ponte
nos propondo a indagação
sobre a morte que te investe
de uma santa alegoria,
misto de júbilo e peste.

Eras nosso e eras de Deus
e a nova rota escolheste. >

Toco as pétalas do ar
sondando esta nova messe
onde hás de estar descuidado
revendo a estatura equestre
das ondas do mar que o sonho
do teu exílio reveste.

RIO, 8/02/90

Não é no mármore, nem na pedra, nem no barro,
nem no ar,
é em mim que te construo.
Como o cego que olha para o fundo da noite
e vê todas as coisas.

Eu sei o que é o amor
e sei o que é perder.

Todo o resto é um suspiro a ser interrompido.
Abre, meu Deus, esta flor misteriosa,
o venenoso eflúvio do teu jardim. Não me faças
herdeiro desta náusea.

Não me condenes à sobrevida.
Eu também quero te ver.

RIO, 24/01/90

Eu preferia teu corpo entre os corais,
emaranhado em algas,
íntimo das ondas,
que teus olhos cintilassem nas redes de pesca,
rastro de luz estilhaçada.

Que viesses na espuma
sempre renovada e finita,
que te transformasses na concreta solidão
do nácar desabitado.

Vejo a estrela que me trouxeste
com dedos possessivos,
a estrela do mar transformada
em frágil matéria, seca e desidratada flor pousada em teus pés
numa tarde de névoa.

Não estás ali, mas há alguma coisa de ti
em cada palmo
desta areia que imprime os passos que seriam teus.
Então eu te devolvo ao mar que amavas,
num plano imaginário.

E o silêncio te embala.

RIO, 13/02/90

Sentado, frontal, simétrico,
sou teu escriba.
Sei que num tempo virtual
me comandavas a palavra.
Contigo o exército, comigo a celebração.
Sei que esperavas de mim
o desígnio, a porta
decifrada,
onde entravas como príncipe
numa câmara ardente.
Percebo tua mão forte
que à distância me nutria
de medo e devoção.

Então eu te escrevia as secretas palavras
as que estão para sempre cerradas na boca dos mortos,
as palavras do vaticínio, as palavras cifradas
que o teu olhar desfolhava como um pomar de pássaros.

Desde então nos entendíamos como agora,
lado a lado de um vidro
tumular.
Agora estou sozinho, sou apenas um retrato terroso.
E tu navegas para a glória.

Meus olhos são precários como as flores do cactos
que vivem uma noite o esplendor da brancura
e tombam qual bagaços de medula queimada
que se estiola na gosma das pétalas sugadas.

Assim meus olhos, coisas que tangeram no tempo
o instante de beleza, e que viram passar
a vida como coisa jamais corrompida,
como ângulo aberto de uma proposta exata,
teorema, paixão, lapidar utopia.

Meus olhos te procuram, e são míseros rastros
de um gemido sem culpa.
Lambem o vidro, o pó das ruas, o ar das folhas
que parecem tramar em verde a alma do vento.
Em cada brecha eu te procuro, minudência
da paisagem sem ti, que é
um astro desolado.

Eu pergunto o que é esse tempo sem causa.
E o silêncio me abraça.

Então eu percebo que é dia.
Eu sinto o dia na minha pele.
A claridade me macera os olhos
recém-vindos da noite.
Eu penso que devo viver,
eu penso que devo cumprir promessas,
marcar presenças,
mastigar o nojo da rotina
e possivelmente arder numa centelha.
Tudo pode acontecer menos a tua chegada
o teu jeito desajeitado de ocupar o espaço,
a tua forma de ser luz e náusea e sombra.
Estas palavras eu escrevo com tristeza
porque o dia é muito pouco para o meu sonho decepado.

RIO, FEV/90

Desde que nasci eu sabia da tua morte
por isso meus primeiros poemas não foram de amor.
Foram desenhos de despedida.
Foram saudades precoces,
realidades sonhadas.

Não era o que eu vivia que naquele tempo
me acompanhava,
era a memória futura do teu aparecimento,
e eu te vivi como se vive as coisas eternas.

Antes e depois do teu ser emparedado,
(espaço que hoje eu sinto como um bloco de granito),
antes e depois foram percepções preparatórias.

Real foi a felicidade e o sofrimento que nos ligou
e que vivemos com fervor,
e que cortaste como se corta um canal respiratório.

Eu ainda respiro, e tu?

RIO, 21/02/90

À noite é mais difícil,
quando a casa parece deserta
e as sombras preenchem todas as frinchas.
Teu cão adormecido suspira. Da rua
vem pela janela a luz, como um sinal
de duração.
Mas tudo está parado, como tu,
naquele dia funesto.
Eu me estendo na cama sem fazer,
como quem abdicou do sono.
Meus ouvidos atilados perseguem o prodígio.
Não acontece nada
Nada.
Só esta febre de te resgatar.
E cada dia estás mais distante,
e eu mais perto.

RIO, 21/02/90

Uns tiram retratos
outros se mascaram,
muitos se embriagam,
eu, com os invisíveis
dedos da saudade
toco a tua cara.

A gente que passa,
as vagas palavras
que ficam perdidas
pelos meus ouvidos,
tudo delineia
teu passar no tempo,
e dizem que um dia
chega o esquecimento.

Ouço estas promessas
com secreta mágoa.

Passam corpos, almas,
de idades diversas.

E eu fico pensando
que já estás eterno
e em vão te desenho
no espaço da porta
como se viesses
repentinamente
contar sobre a vida
de uma história morta.

SAQUAREMA, 25/02/90

— Quem é esse menino no retrato claro
da sala vazia? Tem um ar distante.
— Só notei agora como ele era triste
na nudez impúbere
aberta no instante.
— Para onde olhava? Que horizonte via?
— Talvez tempestades. Quem sabe indigência
de contentamento.
— E o vento que havia, como era este vento?
— Tocava seu rosto, roçava seus cílios, tangia os cabelos.
— E que olhar tão triste. Não viste? Não viste?
— Só via beleza da imagem ardente. Eu estava cego.
Eu estava ausente.
Só agora vejo que ele anoitecia.
— Tão cedo?
— Quem sabe a idade da alma quando em sofrimento?
— Quem era o menino?
— Que importa. Hoje é apenas um retrato, um triste
desenho do vento.

RIO, 27/02/90

Nada foi em vão.
Os anos felizes ficam palpitando
na memória.
Os tempos terríveis batem na bigorna
dos ferros candentes,
vão forjando algemas, cadeados,
cintos de não respirar.
Mas sempre aparece uma fresta espúria
de pensar possíveis redes emplumadas.
E o bem, como o mel, transborda nos lábios.
Parece que o ontem está redivivo.

Eu olho no poço as turvas imagens:
um peixe, uma alga, uma lápide líquida
sobre um corpo encantado.

Dormes sem fim.
Eu apenas resisto.

SAQUAREMA, 25/02/90

Esqueço que tu morreste
e sonho com tua ausência
como se tivesse a eterna
punição por ter vivido
tanto em teu ser arraigado
que me tivesse perdido
de mim mesmo. Inconsciência.
Por um momento parece
que não passei esta porta
que não vi as águas turvas
onde no barco avançavas
sorrindo, desimpedido
de todo o peso terrestre.
E eu aqui com meu cansaço,
com meu suor, com meu pranto
pelo silêncio filtrado.
E no transe ainda me esforço
por te sentir palpitando.
Mas tudo é o frio sem regresso,
insônia despovoada,
espinhos passo por passo.
Esqueço que tu morreste
e em sofrimento renasço.

RIO, 27/02/90

E no entanto eu me levanto e me aqueço ao sol
invento amores instantâneos   degusto   procuro
medicinas   caminho com sentido ou sem sentido
me comovo com o irreal ou o imaginado   me exercito
em sonhos descartáveis   me alieno com a música ou o vinho
vejo sem ver   vejo vendo   ouço com atenção   ouço sem atenção
respondo   reclamo   junto ramos de afeto   sorrio em coquetéis
me inflamo pela justiça   tenho esperança   acaricio
o mundo de amanhã (que não terei) como se nada tivesse acontecido.
E alguma coisa terá realmente acontecido?

SAQUAREMA, 27/02/90

Sem morbidez, eu não suporto a ideia de pensar onde está teu corpo neste momento. Teu corpo, suporte da tua vida, onde havia luz e terror, exaltação e melancolia. Eu podia tocar estes reflexos, sofrer com eles ou por eles, e tudo me parecia natural. Porque subir um calvário com uma cruz é uma situação palpável. Há o calvário e a cruz. Agora eu me equilibro sobre areias movediças e choro escrevendo estas palavras como criança sem futuro. Se alguma coisa ainda me acontecer, de bom ou de mal, será por misericórdia. Só não queria pensar no teu corpo destruído, e na solidão daquele recinto onde te depositaram, como coisa sem uso.

SAQUAREMA, 27/02/90

Bebem bebem bebem, todas as mãos estão
ocupadas com copos por fora e por trás dos balcões,
bebem e oscilam como bambus ao vento.
A cerveja gelada tem alma de néctar
nos lábios nivelados.
Uns bebem por sede, outros para se perder,
todos para assumir alguma identidade perdida.
Bebem e urinam nas esquinas e se despem e se vestem
e se cobram ou simplesmente silenciam,
e arrastam os passos pelas ruas, sonâmbulos.
Há muito pouco o que colocar no lugar deste exercício.
A falta de paixão pede a embriaguez.
Alguns santos, como Lúcio Cardoso, tombaram no holocausto.
Mas a maioria bebe para não estar só,
ou para estar definitivamente só,
mesmo nas mesas repletas.

Bebem bebem bebem, ficam quase felizes.
Eu que não sei andar por este caminho engulo
em seco a minha dor.
Eu sou o copo vazio.

SAQUAREMA, 27/02/90

Nada mais triste que um copo vazio
deixado na solidão da mesa.
Apenas as moscas passeiam em seu vidro embaçado.
Apenas as moscas encontram uma ponte de prazer
naquela ilha.

SAQUAREMA, 27/02/90

Vou escrever até morrer esta história funesta.
Vou morrer de escrever estas memórias febris. Quero que me
deixem sentir que tudo o mais tem pouco sentido,
apenas uma luta vulgar pelo direito de agonia,
um território que ainda divido
e até consigo semear de esperança.

Mas o que floresce é como a flor do cactos:
dura uma noite e se entrega.

SAQUAREMA, 27/02/90

Olho o meu umbigo,
giro em torno do meu umbigo,
por ele a morte respira, como dizem os rosacruz.
Morrer é respirar para dentro.
Aos críticos que recusam esta obstinação
eu respondo com o irrespondível.
Inexplicável é este sentido de regresso,
este canal de ferro e lodo,
de óleo e miasma e osso triturado,
esta rosa invertida.

Olho o meu umbigo
Tudo é pouco evidente. Mas eu creio.

SAQUAREMA, 27/02/90

Mais triste do que eu, mais triste do que
o quarto e os adesivos colados na vidraça,
mais triste do que os álbuns de retratos,
e os retratos expostos e os retratos pintados;
mais triste do que o cachorro, a fita incompleta
de vídeo, as revistas de surf, os restos de
um ventilador do qual não se separava;
mais triste do que as ruas, e este ângulo
da janela de onde o via chegar às vezes
como rajada de vento imprevisível; mais
triste do que ausência daquele amor que
o triturou, e do que a dispersão da tribo
da qual ele era uma antena ardente, mais
triste do que tudo isto está o Navona, aquele
urso romano de feltro cuja a vida acidentada
pode ser refletida na dele. O Navona tem o
olho parado, o pelo gasto, a posição desolada,
de encontro ao espelho do aparador.
Ele dói silenciosamente, e com este jeito
de irreparável desalento. Por ele é que eu
sinto que não tem volta. Seu coração está seco.
Ele perdeu seu único dom.

RIO, 7/03/90

Está linda a manhã. Os ibiscos balançam,
as buganvílias tremem seus cachos solferinos,
o sol é ouro gratuito, a brisa acaricia,
como em todos os tempos e todos os poemas.

Como em todos os tempos e todos os poemas
que tiveram assim olhar devotado
a conferir paisagem. Um desejo febril
de alastrar-se na sombra e esperar a ilusória
felicidade.
Tu que estás nalguma estância,
estarias aqui queimando esta manhã
com teu jeito infantil, com teus olhos de sombra,
com teu sorriso pronto a inventar as abelhas
num ofício de mel.
Esta manhã seria
teu cenário mais puro, pisarias a laje
com ágil sedução. Eu nem diria nada,
apenas seguiria com meus olhos perdidos
teu júbilo mortal.

SAQUAREMA, 10/03/90

Poder falar de ti como de uma presença
apenas invisível, algo recuperável
na imagem da lembrança. Como falei a pouco,
sorrindo ao relembrar hábitos inocentes
brotando da memória como grama orvalhada.
E ter a sensação de que o espaço perdido
dispõe-se a te inventar, cortando o sofrimento,
amaciando espinhos, e que o tempo vivido
esteja mais que vivo, esculpido no sonho.
E ao desenhar a cena dos momentos felizes
tocar com o pensamento a alegria, conter
nas mãos em concha a água, beber o que é possível,
agradecer tangendo o abismo e achar tão fácil
ver no que foi real o afeto que não morre,
e nem imaginar que neste mundo és nada.
Falar de ti assim, enquanto houver palavra
e som na minha boca. Até que eu seja em ti
e contigo não mais que um silêncio inconsútil,
um remo intemporal em viagem celeste.

SAQUAREMA, 11/03/90

Alguém me disse "tu vais sofrer mais que todos"
e eu aceitei
porque eu o amava mais que todos.

Alguém me disse "só o tempo faz esquecer",
a este eu quis fulminar com meu silêncio.

Alguém me prometeu a integração, e eu o olhei com piedade.

Alguém me disse "tu não o perdeste, agora é que ele é teu",
não aceitei a metáfora.

Alguém lembrou os tempos felizes. A este agradeci.

Alguém mandou retratos perdidos. Sorri.

E continuo cavando, cavando com as unhas maceradas,
como se o mistério fosse mensurável.

RIO, 10/03/90

Como eu invejo aquele amigo que numa carta me disse:
"Merece toda a nossa consideração e todo o nosso respeito
a quase criança que, como de nós despercebida, de repente
se transforma,
pela suprema e inesperada força de seu gesto, num herói, senão
num santo! Para mim é o que ele é. É o que ele passou a ser.
Nunca pensei que viesse a admirá-lo tanto, um dia, na vida,
por paradoxal e monstruoso que isto talvez possa parecer, a
alguém que não me conheça. Eu o sinto agora como se fosse
meu filho,
e é o filho que eu quereria ter, pois erigiu a dignidade,
pela última escolha, em padrão supremo de sua vida, e teve,
quando fez esta escolha, uma coragem, uma fortaleza sobre-
humana,
que lhe desconhecia, e pela qual Deus vai julgá-lo e absolvê-lo
de suas pequenas, pequeníssimas faltas, que não são faltas,
são os sinais do mal que o mundo lhe fez, como faz a todos nós."*
Eu invejo este amigo que poucos dias depois morreu e assumiu
a ansiada paternidade,
enquanto eu aqui tento compor com palavras a sombra
deste transe, a alma em chaga viva.
Eu o divido com todos que o amaram, comigo, por mim, através de
mil, além de mim.

É nesta comunhão que eu o mantenho palpitando
como um coração que já não faz diferença do meu,
que tem a integridade do meu tempo e da minha resistência.

Somos cada dia mais uma só e decadente respiração.

RIO, 10/03/90

* carta de Zeferino Fagundes, 9/10/89

Há uma branca colina num deserto,
há uma estrela entre a alvorada e Vésper,
há uma esfinge apenas decifrada,
um narciso espelhando uma Medusa
(instantes de terror já confrontados),
há um verme abrindo seu caminho
numa carne recém-violentada,
há um afago roçando a face fria,
há contra o amor um vidro congelado,
há um bicho na furna,
um labirinto,
há um espinho de última defesa,
uma tinta que turva o que é caçado,
um caçador de si que se embriaga
do alvo para sempre inalcançado,
há um pássaro na mão, outro que voa,
outro que canta mais engaiolado,
há a loucura servil que ri à toa
feliz de seu limite ilimitado,
há beijos que se trocam na aparente
e emparedada noite, há um saturado
gosto que mata, e o nascituro alarde
nalgum clínico espaço energizado,
há entre mim e mim o teu futuro
definitivamente enclausurado,
e onde as coisas citadas tremeluzem
como sinais possíveis de um percurso
entre o que se perdeu e nos provoca
a ser na obstinação recuperado,
há uma pungência materializada,
matéria feita luz num campo santo, >

há um mapa a ser jamais interpretado,
e o meu amor que paira na esperança
de ver este prodígio consumado.

RIO, 12/03/90

Teu quarto está sem alma como teu corpo.
Os objetos não tem sentido. Apenas a janela
com teus adesivos anárquicos
parecem transmitir alguma coisa.
Alguma coisa como um gemido, um pedido de socorro.
Encosto diariamente a porta do teu quarto,
mudo os quadros, procuro uma colcha
que aqueça o vazio.
Tento mudar de posição os móveis, a cama
onde dormias parece um tronco
levado pelas águas.

Como estão frias aquelas paredes!
Os quadros não se estruturam, cruzam-se
como espadas enferrujadas
num espaço nebuloso.
Não há guerra, não há sonho, não há sinal
de vida naquele quarto antes curtido
da tua presença.

Dentro de mim há um quarto igual,
sem função, mas onde uma ave noturna
grita o teu nome, incansável.

É a única diferença.

No sono em que te encontras, com tempo e sem vestígio
de dor, hás de sonhar com tênue nostalgia.

Hás de sonhar com a terra onde nutriste a morte
embriagado de vida, onde nos ofuscaste
entre as ondas do ser e as atrações do abismo
finalmente assumido.

Hás de sonhar com as tramas
do amor onde pousaste, em variada energia,
teu coração ansioso, um canteiro de flexas,
onde provaste o gozo, a dor, a complacência,
onde trocaste flores, onde pisaste flores,
erguendo contra ti uma espada daninha.

Estarei neste sonho como asa incansável
num voo de vigília, estarei neste sonho
como brisa intangível, como coisa mortal
que recusa a viagem,
a viagem, meu Deus, que fizeste sozinho
para poder sondar o espaço sem fronteiras
da paixão incompleta.

Sonha, meu príncipe, ainda tecerei com doçura
a raiz do meu pranto,
para que paires manso, forrado na pelúcia
de uma nuvem astral.

RIO, 21/03/90

Procissão do Senhor Morto,
que idade terá teu corpo
se a morte é o início de tudo
e ressurgirás inteiro
como a nova flor do horto?
Terás idade daquele
enredado como as algas
no mar do meu desconforto?
Não vejo teu rosto oculto
na sombra de um pano roxo,
mas imagino outro rosto
que não esse das estampas
onde marcas doloroso
piedade do nosso instante
(vida breve, frágil porto)
imagino o rosto infante
em seu delírio absorto
sondando os lírios da morte,
– Procissão do Senhor Morto –
Vou seguindo teu cortejo
com os pés descalços na pedra
deixando sinais de sangue
neste calvário de cinzas.
Revivo o mendigo andejo
que acompanhou teu suplício
e imagino a claridade
deste teu olhar de santo
espelhando o olhar doente
do meu morto ardendo em pranto,
como eu, nesta litania
de avinagrar meu soluço
numa esponja de agonia.

SEMANA SANTA, ABRIL/90

Eu dei a ele uma casa espaçosa.
Deus deu-lhe o mundo aberto.
A mulher deu-lhe o amor.
O mar deu-lhe o sonho de Bali e algumas ilhas.
A tribo deu-lhe a embriaguez e o excesso.
De todos recebeu alguma esperança.

Como eleito dos deuses deu as costas a tudo,
galgou uma montanha,
o labirinto sem saída.

Não quis nada.

Ou quis alguma coisa que nossas mãos unidas
não suportariam,
um som maior que os nossos gritos e o *reggae*
e a legenda de Haidn.

Quis algo tão maior e perfeito
que se compadeceu da nossa pequenez
e entrou no túnel.

ABRIL/90

Mais um domingo até que chegue
o grande Domingo,
pois sei que será num domingo o Juízo Final,
e eu te procurarei desesperadamente
entre a turba das almas
e sentirei que me procuras, e te verei
esguio e longínquo, ainda marcado
pelo sol de Saquarema.
Como num filme do final da guerra
gritaremos um pelo outro,
e finalmente nos encontraremos
e nos abraçaremos
porque assim nos prometeram as Escrituras.

Não pensarei mais em nada do que foi tão supérfluo
depois da tua partida,
não sofrerei pelas pequenas conquistas cotidianas
que ainda me obrigam a te sobreviver.
Sentirei a justiça divina como chave de ouro
neste transe sufocado.

Como respirarei envolvido em tua sombra!
Então sim, eu louvarei a vida.

RIO, 22/04/90

SOBRE O AUTOR

Walmir Ayala nasceu em Porto Alegre (RS) em 4 de janeiro de 1933. A partir de 1956 residiu no Rio de Janeiro, onde faleceu em 28 de agosto de 1991. Poeta dos mais premiados do país, igualmente destacou-se em outros gêneros: romance, conto, crônica, diário íntimo, literatura infantil, teatro (para crianças e adultos), ensaio, tradução e adaptação de clássicos etc. Crítico de arte militante, foi também assíduo colaborador de jornais e revistas, no Brasil e no exterior. Muitos de seus poemas, contos e ensaios foram traduzidos para o inglês, espanhol, francês, italiano e alemão. Em poesia, publicou os livros *Face dispersa* (1955), *Este sorrir, a morte* (1957), *O edifício e o verbo* (1961),*Cantata* (1966), *Poemas da paixão* (1967), *Questionário* (1967), *Cangaço vida paixão norte morte* (1972), *Natureza viva* (1973), *A pedra iluminada* (1976), *Memória de Alcântara* (1979), *Estado de choque* (1980), *Águas como espadas* (1983) e *Os reinos e as vestes* (1986). Sua obra poética ainda motivou algumas seletas tais como *Antologia poética* (1965), *Poesia revisada* (1972) e *Melhores poemas* (2008), esta última organizada por Marco Lucchesi. No exterior, *Ocho poemas ineditos* (1965), tradução espanhola de Pilar Gomez Bedate, e *Museo de camara* (1986), tradução espanhola de Rosa Chacel, ambas em versão bilíngue, publicadas em Madri. "Um dos melhores poetas de sua geração", segundo Ferreira Gullar, Walmir Ayala deixou vasto acervo de inéditos, entre os quais este *A viagem*, escrito pouco antes de sua morte.

editora responsável
VIVI NABUCO
editoria executiva
SEBASTIÃO LACERDA
assessor especial
FERNANDO PEDREIRA
assessoria jurídica
MANOEL NABUCO
design gráfico
RAUL LOUREIRO/ CLAUDIA WARRAK
revisão
CLARISSE CINTRA
produção editorial e gráfica
MARCELLO BRAGA MACHADO
LIANA PÉROLA SCHIPPER
MARIANA FERREIRA DA SILVA

CIP-Brasil. Catalogação-na-fonte
Sindicato Nacional dos Editores de Livros, RJ
A976v

Ayala, Walmir, 1933-1991
A viagem / Walmir Ayala. — Rio de Janeiro:
Bem-Te-Vi, 2011. 64p. (Canto do Bem-Te-Vi)

ISBN 978-85-88747-36-4

1. Poesia brasileira. I. Título. II. Série.

11-2115. CDD: 869.91
CDU: 821.134.3(81)-1

14.04.11 18.04.11 025804

BEM-TE-VI
PRODUÇÕES LITERÁRIAS
ESTRADA DA GÁVEA 712/402
SÃO CONRADO
RIO DE JANEIRO–RJ
CEP 22610-002
WWW.EDITORABEMTEVI.COM.BR
EMAIL: BEM-TE-VI@BEM-TE-VI.NET